CATALOGUE

DES

LIVRES DE LITTÉRATURE

ET D'HISTOIRE

COMPOSANT LA

BIBLIOTHÈQUE DE M. D. M. P***

ANCIEN PROFESSEUR DE L'UNIVERSITÉ.

Dont la vente aura lieu le lundi 22 mars 1875
à 7 heures et demie du soir

Rue des Bons-Enfants, 28 (maison Silvestre)

Salle n° 2

Par le ministère de M° DELBERGUE-CORMONT, commissaire-priseur
Rue de Provence, 8

PARIS

ADOLPHE LABITTE

LIBRAIRE DE LA BIBLIOTHÈQUE NATIONALE
4, rue de Lille

—

1875

CONDITIONS DE LA VENTE.

La vente se fait au comptant.

Il y aura exposition des livres, le jour de la vente, de DEUX heures à QUATRE.

Les livres vendus devront être collationnés sur place dans les vingt-quatre heures de l'adjudication. Passé ce délai, ou une fois sortis de la salle de vente, ils ne seront repris pour aucune cause.

Les acquéreurs payeront 5 centimes par franc en sus des enchères, applicables aux frais.

Le libraire, chargé de la vente, remplira les commissions des personnes qui ne pourraient y assister.

Paris. — Typographie Georges Chamerol, rue des Saints-Pères, 19.

CATALOGUE
DES LIVRES

DE LA

BIBLIOTHÈQUE DE M. D. M. P***.

THÉOLOGIE.

1. La Sainte Bible, traduction nouvelle par M. de Genoude. *Paris*, 1845, 2 vol, in-12, demi-rel. chagr.

2. Qu'est-ce que la Bible d'après la nouvelle philosophie allemande? par Herman Ewerbeck. *Paris, Ladrange*, 1850, 2 vol. in-8, br.

3. Odes sacrées, ou les Psaumes de David en vers françois (par Garcin). *Amsterdam*, 1764, in-8, br. n. rog. — Le Livre des psaumes, cantiques, etc., traduits en vers français par M. de Cardonnel. *Toulouse*, 1841, in-8, br. — Psaumes de David, traduits en vers par Le Roy-Mabille. *Boulogne-sur-Mer*, 1863, in-8, br.

4. Odes sacrées, ou les psaumes de David, en vers français, par A. Rippert, curé du diocèse de Grenoble. *Lyon*, 1804, in-8, bas. fil.

5. Choix de poésies sacrées de Lefranc de Pompignan. *Paris*, 1824, in-18, br. — Le Livre des psaumes, en vers français, par Al. Guillemin. *Paris*, 1838, in-8, br. — Les Psaumes, trad. (en vers) par Bedm. *Bruxelles*, 1850, in-18, br. — Les Psaumes de David, trad. (en vers) par E. du Mesnil. *Lyon*, 1859, in-18, br. — Les Psaumes, traduction (en vers) par H. des Montis. *Paris*, 1864, in-12, br. — Quelques psaumes traduits en vers français, par Poirson. *Nancy*, 1866, in-8, br.

6. Les Psaumes, traduits en vers français par P.-G. de Dumast (texte latin en regard). *Nancy*, 1859, 3 vol. in-8, broch.

7. Le Nouveau Testament, traduit fidèlement du texte original grec et commenté (par L.-P. Machet). *Paris, Ladrange*, 1842, in-8, br.

8. Vie de Jésus, ou examen critique de son histoire, par Strauss, trad. de l'allemand par Littré. 2ᵉ édition. *Paris, Ladrange*, 1853, 4 part. en 2 vol. in-8, demi-rel. chagr. bleu.

9. Œuvres choisies de Massillon. *Paris, Delestre-Boulage*, 1823, 6 vol. in-8, demi-rel. v. f.

10. Les Pensées et les Provinciales de Bl. Pascal, précédées d'une notice sur Pascal, par Villemain. *Paris, Emler*, 1829, 2 vol. in-8, demi-rel. v. f.

11. Examen du mosaïsme et du christianisme, par Reghellini de Schio. *Paris*, 1834, 3 vol. in-8, br.

12. Examen important de Milord Bolingbroke. *Londres*, 1776, in-8, v. m. — Le Nazaréen, ou le christianisme des juifs, des gentils et des mahométans, trad. de l'anglois de J. Toland. *Londres*, 1777, in-8, bas.

13. Œuvres de Fréret. *Paris*, 1792, 4 vol. in-8, veau éc. fil.

14. Œuvres de Boulanger. *Amsterdam*, 1794, 6 vol. in-8, veau éc.

15. Système de la nature, par Mirabaud. *Londres*, 1770, 2 vol. in-8, v. m.

SCIENCES ET ARTS.

---

16. Manuel de philosophie, par A.-H. Matthiæ, traduit de l'allemand par Poret. *Paris, Ladrange*, 1837, in-8, broch.

17. Maximes et Réflexions morales du duc de la Rochefoucauld. *Paris, Ménard et Desenne*, 1817, in-18, pap. vél. v. v. tr. dor.

18. Essais de Michel Montaigne, avec les notes de tous les commentateurs, publiés par V. Le Clerc. *Paris, Lefèvre,* 1826, 5 vol. in-8, portr. demi-rel. v. br.

19. Les Caractères de La Bruyère, suivis des Caractères de Théophraste. *Paris, Castel de Courval,* 1826, 2 vol. in-8, demi-rel. v. bl.

20. C. Plinii Secundi Historia naturalis. *Parisiis, Panckoucke,* 1835, 9 tom. en 5 vol. gr. in-8, pap. vél. demi-rel. mar. r.

21. OEuvres choisies de Buffon. *Paris, F. Didot,* 1843, 2 vol. in-12, portr. demi-rel. v. f.

22. Les Galeries publiques de l'Europe, par M. J.-G.-D. Armengaud. Rome. *Paris, Lahure,* 1857, in-fol. fig. demi-rel. chagr.

23. Les Quatre Jeux de dames, polonais, égyptiens, échecs... par Lallement. *Metz,* 1802, 4 tom. en 2 vol. in-12, demi-rel. v. v.

BELLES-LETTRES.

LINGUISTIQUE. — RHÉTORIQUE.

24. Glossarium eroticum linguæ latinæ, sive Theogoniæ, legum et morum nuptialium apud Romanos explanatio nova... auctore P. P. (Pierrugues). *Parisiis, Dondey-Dupré,* 1826, in-8, demi-rel. dos et c. de mar. vert. (*Closs.*)
Livre rare. Bel exemplaire en papier vélin.

25. Dictionnaire de l'Académie française. 6ᵉ édition. *Paris, F. Didot,* 1835, 2 vol. in-4, demi-rel. v. v.

26. Grammaire des grammaires, par Girault-Duvivier. Onzième édition, augmentée par A. Lemaire. *Paris, Cotelle,* 1844, 2 vol. in-8, demi-rel. mar. bl.

27. M. Fabii Quintiliani de Institutione oratoria libri XII... recensuit G. L. Spalding. *Lipsiæ,* 1798-1816, 4 vol. in-8, v. rac. fil.

28. Essai sur l'éloquence de la chaire, panégyriques, discours, par le cardinal Maury. *Paris, Castel de Courval,*
1827, 2 vol. in-8, demi-rel. m. v.

29. Les Catilinaires et le Dialogue sur les orateurs, traduction nouvelle par Burnouf. *Paris, Hachette,* 1827, in-8,
demi-rel. chagr. r.

30. Oraisons funèbres de Bossuet, Fléchier et autres orateurs
avec des notices par Dussault. *Paris, Lequien,* 1837, 3 vol.
in-8, portr., demi-rel. v. f.

31. Oraisons funèbres de Bossuet. *Paris, P. Didot,* 1814,
in-8, v. gr. dent. tr. dor.

32. Oraisons funèbres de Fléchier. *Paris, Renouard,* 1802,
2 vol. in-12, pap. vél. portr. v. fil.

POÉSIE.

Poëtes grecs et latins.

33. Homeri Carmina et Cycli epici Reliquiæ. Gr. et lat. *Parisiis, F. Didot,* 1837, gr. in-8 à 2 colonnes, demi-rel.
mar. v.

34. L'Iliade d'Homère, trad. en français par Dugas-Montbel.
Paris, F. Didot, 1828, 2 tom. en 1 vol. in-8, demi-rel. m. r.
— L'Odyssée, suivie de la Batrachomyomachie, traduction
par le même. *Paris, P. Didot,* 1818, 2 vol. in-8, bas. fil.

35. L'Iliade et l'Odyssée d'Homère, traduites en vers par
A. Bignan. *Paris,* 1853, 2 vol. in-12, br.

36. Hesiodi Carmina... gr. et lat. *Parisiis, F. Didot,* 1840,
gr. in-8 à 2 col. demi-rel. m. v.

37. Odes d'Anacréon et poésies de Sapho, traduites en vers
français par Veïssier des Combes (texte en regard). *Paris,*
B. Duprat, 1839, in-8, demi-rel. v. bl.

38. Les Idylles de Théocrite, traduites en vers français par
F. Didot (grec en regard). *Paris, F. Didot,* 1833, in-8,
broch.

39. T. Lucretii de rerum natura libri sex. *Argentorati,* 1808.
— Catullus. Tibullus. Propertius. *Biponti,* 1794, in-8. —
Martialis epigrammata. *Biponti,* 1784. — Valerius Maxi-
mus. *Biponti,* 1784, in-8. — P. Ovidii opera. *Argentorati,* 1807, 3 vol. — Lucani Pharsalia. *Argentorati,* 1807.
— Cl. Claudiani Carmina. *Parisiis, Treuttel et Würtz,*
1829. Ensemble 8 vol. in-8, demi-rel. chagr. v.

40. Lucrèce, traduction en vers par de Pongerville. *Paris,*
1828, 2 vol. in-18, fig. br.

41. C. Valerius Catullus, Albius Tibullus et A. Propertius, recensuit F. G. Pottier. *Parisiis, Malepeyre,* 1825, 2 tom. en 1 vol. in-8, demi-rel. chagr. r.

42. Publ. Virgilius Maro ex recensione et cum notis Chr. G. Heynii, curante Amar. *Parisiis, Gosselin,* 1824, 5 vol. in-12, demi-chagr. r. — L'Enéide de Virgile, traduction nouvelle par Delestre. *Paris, Hachette,* 1830, 3 vol. in-12, demi-ch. rouge.

43. P. Virgilii Maronis carmina omnia, perpetuo commentario ad modum J. Bond explicuit Fr. Dübner. *Parisiis, F. Didot,* 1858, in-16, texte encadré, front. gr. et fig. photographiées, mar. bl. compart. tr. dor. (*Lortic.*)

44. Traductions des Bucoliques de Virgile en vers français, publiées depuis 1701 jusqu'en 1867. 48 vol. in-8, in-12 et in-18.

1. Traduction des Eglogues de Virgile (par Lepul). *Béziers, Est. Barbu,* 1701, in-12, mar. r. tr. dor. (*Rel. anc.*).
2. —— par Richer. *Rouen. Eust. Hérault.* 1717, in-12, v. br.
—— par le même. *Paris, Gancau,* 1736, pet. in-8, v. br.
3. Les Bucoliques de Virgile par P.-F. Tissot. *Paris, Laran, an VIII,* in-8, bas.
—— par le même, 2e édition. *Paris,* 1808, in-8, bas.
—— par le même, 3e édition. *Paris, Delaunay,* 1812, in-12. d.-rel.
—— par le même, 4e édition. *Paris, Delaunay,* 1822, in-12, d.-rel.
4. —— (par le chevalier de Langeac). *Paris, Giguet et Michaud,* 1806.
—— par le même. 1813, in-18, v. rac.
—— par le même. *Paris,* 1819, gr. in-18, br. demi-rel.
5. —— par Firmin Didot. *Paris, F. Didot,* 1806, in-8, v. r. fil.
—— par le même. *Paris,* 1822, in-12, br.
6. —— par Millevoye. *Paris, H. Nicolle,* 1809, in-18, demi-rel.
—— par le même. *Paris, Ladvocat,* 1822. (4e vol. de ses œuvres), in-18, bas.
7. —— par P. Dorange. *Paris, Delaunay,* 1809, in-12, br.
8. —— par D. R. E. L. C. D. C. *Paris, Dubroca,* in-12, demi-rel.
9. Eglogues de Virgile... par F.-G. (Gaëtan) de la Rochefoucauld. *Paris,* 1812, in-12, demi-rel.
10. Les Bucoliques... par J.-A. D. (J. Achille Deville). *Paris, Cussac,* 1813, in-8, d.-rel.
—— par le même (avec son nom). *Rouen, N. Périaux,* 1828, in-8, demi-rel.
11. Eglogues de Virgile... (par Deloyne d'Autroche). *Paris, Ad. Egron,* 1813, in-18, br.
12. Les Bucoliques... par Alex.-Louis Baudin. *Cherbourg, Boulanger,* 1814, in-12, demi-rel.
13. Les Eglogues... par Th. Boyer. *Albi, Baurens,* 1817, in-12, demi-rel.
14. Les Bucoliques... par H. Villodon. *Paris, Delalain,* 1818, in-18, demi-rel.
15. —— par J.-J. Ract-Madoux. *Clermont-Ferrand, Landriot,* 1819, n-12, demi-rel.
16. —— par B.-B. Dupont. *Paris, Bosquet,* 1822, in-18, bas.
17. —— par Geory. *Paris, Audin,* 1822, in-18, demi-rel.
—— par le même. *Paris, Audin,* 1824, in-18, bas.

18. —— (par le vicomte de Carrière). *Paris, impr. de Trouvé*, 1823, in-12.

19. —— imitées eu vers français (par Victor de Bonald). *Paris, Trouvé*, 1823, in-12. (*Relié avec le précédent.*)

20. —— par Michel Montaigne (*sic*). *Paris, Brianchon*, 1825, in-12, br.

21. —— par G. (Gindre) de Mancy. *Paris, Pelicier*, 1828, in-18, br.

22. —— par Hippolyte M. (Marvint). *Paris, impr. de Duverger*, 1828, in-12. (*Rel. avec le n° 17.*)

23. —— par P.-H. Lauvereyns de Diepenhède. *Paris*, 1831, in-18, br.

24. —— par Bertholon de Pollet. *Paris*, 1822, in-8, mar. viol. tr. dor.

25. Eglogues de Virgile, par Guillaume Normand-Dufié. *Paris, Fournier jeune*, 1834, in-8, br.

26. —— par Ranson. *Dax, Bonnebaigt*, 1835, in-8, br.

27. Les Bucoliques, par Desaugiers aîné. *Paris, Delloye*, 1835, in-8, d-rel.

28. —— par F.-B.-F. Bouriaud aîné. *Rochechouart, Barbet frères*, 1836, in-18, bas.

29. —— par le comte de Marcellus, suivies de poésies diverses. *Paris, Pinart*, 1840, in-8, v. rac.

30. —— par Louis Duchemin. *Paris, Perisse*, 1844, in-8, demi-rel. (*Tome Ier des OEuvres de Virgile.*)

31. —— par Maizony de Lauréal. *Paris*, 1846, in-8, demi-rel.

32. —— par Rigaud. *Paris, E. Belin*, 1852, in-12, br.

33. Les Eglogues... par Espérance Picard. *Paris, Didier*, 1853, in-12, broché.

34. —— par Richard de Thorame. *Digne, Repos*, 1855, in-1 2, br.

35. —— par Hippolyte Cournol. *Paris, F. Didot*, 1860, in-12. (*Tome Ier des OEuvres de Virgile*, 3 vol.)

36. —— par S.-A. Berville. *Amiens, Lenoel-Herouard*, 1862, in-8, br.

37. Les Eglogues de Virgile... par Joseph Gavard. *Paris, H. Carion*, 1867, in-8, br.

38. Les Bucoliques et les Géorgiques, avec un commentaire critique, etc., par E. Benoist. *Paris, Hachette*, 1867, gr. in-8, br.

39. —— par André Lefèvre. *Paris, Hetzel, s. d.* (vers 1865), gr. in-18, br. (Sous le titre de *Virgile et Kalidasa*, etc.)

45. Examen oratoire des Eglogues de Virgile, par Genisset. *Paris*, 1804, in-8, demi-rel. —— Parallèle et critique des Bucoliques, par Tissot et H. de Villodon, par Lehodey de Sault-Chevreuil. *Paris*, 1820, in-8, br.

45 *bis*. Les Géorgiques de Virgile, traduites en vers français par J. Delille. *Paris, P. Didot*, 1804, gr. in-8, portr. v. rac. fil. —— L'Enéide, traduite par le même. *Paris, Michaud*, 1804, 4 vol. in-8, fig. v. rac. fil.

46. L'Enéide, traduite en vers français par Barthélemy. *Paris, Hachette*, 1863, in-8, br.

47. Q. Horatius Flaccus, recensuit F.-G. Pottier. *Parisiis, Malepeyre*, 1823, in-8, demi-rel. m. r.

48. Q. HORATII FLACCI OPERA, cum novo commentario ad modum Joannis Bond. *Parisiis, F. Didot*, 1855, in-16, fig. photographiées, texte encadré, mar. br. compart. tr. dor.

49. OEuvres d'Horace, traduites en vers par P. Daru. *Paris*, 1819, 4 vol. gr. in-18, bas. éc. fil.

50. Horace. Œuvres complètes en vers, par H. Cournol. *Paris, F. Didot*, 1860, 4 vol. in-18, br.

51. Traductions en vers français des Odes d'Horace, publiées depuis 1664 jusqu'en 1869, 68 vol. in-8, in-12 et in-18.

1. Libre version des odes et épodes d'Horace, commencée à l'âge de quatre-vingt-deux ans et finie en deux mois, par Pierre de Marcassus. *Paris*, 1664, in-8, v. br.

2. Les Odes, satyres, épistres et tendres élégies d'Horace, par C. D. *Paris, J. Langlois*, 1677, pet. in-12, v. f.

3. Traduction des œuvres d'Horace, avec des extraits des auteurs, etc. (par l'abbé Salmon). *Paris*, 1752, 5 vol. in-12, br.

4. Œuvres de madame de Montégut. Tome II (odes d'Horace). *Paris*, 1768, pet. in-8, br.

5. Odes d'Horace, par Chabanon de Maugris, livre III. *Paris, Lacombe*, 1773, in-12, v.

6. Essai de traduction de quelques odes et de l'Art poétique d'Horace (par P. Didot). *Paris, impr. de P. Didot*, 1788, in-8, pap. vél. demi-rel. v. r.

6 *bis.* Traduction du premier livre complet des odes d'Horace, par P. Didot. *Paris, P. Didot*, 1796, in-8, bas.

7. Traduction libre des odes d'Horace (par Deloyne d'Autroche). *Orléans, Jacob*, 1789, 2 vol. in-8, v. f.

8. Œuvres lyriques d'Horace... par P.-Fr. Lavau. *Versailles, Jacob*, 1810, in-12, bas.

9. Traduction en vers français de trente odes d'Horace, par Du Rouve de Savi. *Paris, Fain*, 1811, in-8, v. rac.

10. —— par J.-L.-F. de Visme. *Paris, Dentu*, 1826, in-18, bas. (*La première édition est de 1811.*)

11. Traduction des Odes et de l'Art poétique, par M. de *** (Ballainvilier). *Paris, Migneret*, 1812, in-12, demi-rel.

12. —— par Ch. Vanderbourg. *Paris*, 1813, 2 tomes en 3 volumes in-8, demi-rel. v.

13. Traduction des Odes d'Horace, par E.-A. de Wailly (livres I et II). *Paris, Didot*, 1817, in-18, br.

14. La même, deuxième édition (avec le livre III). *Paris, P. Didot*, 1818, in-18, br.

15. La même (trois livres), 3e édition. *Paris, P. Didot*, 1821, in-18, mar. r. tr. dor.

16. —— par Letexier. *Paris, Verdière*, 1818, in-12, bas.

17. Le premier livre des Odes d'Horace... par André, de Nanteuil. *Paris, Delaunay*, 1821, in-8, br.

18. —— par Goupy. *Paris, Bossange*, 1823, in-8, demi-rel. v. bl.
—— Œuvres complètes, par le même. *Paris, Lecou*, 1848, gr. in-8, broché.

19. —— Trois livres, par B. Granet. *Paris, Leblanc*, 1823, in-8, br.

20. —— par Léon Halévy, 2e édition. *Paris*, 1824, in-8, v. rac

21. —— par Cournand. *Paris, Delalain*, 1829, in-8, br.

22. Les deux Lyres, ou les Odes d'Horace et d'Anacréon, par A.-M. Thomeret. *Paris, Al. Mesnier*, 1830, in-12, br.

23. —— par un ancien général (Delort). *Paris et Arbois*, 1831, in-8, demi-rel.
—— La même traduction, par le général baron Delort, deuxième édition. *Paris, F. Didot*, 1844, 2 vol. in-8, br.

24. —— par B. L.-C. (Bon Le Camus). *Paris, Hachette*, 1835, in-8, br.
—— Satires et épîtres, par le même. *Paris, Hachette*, 1822, in-8. br.

*

25. —— par J.-P.-M. Montigny. *Paris, Dufart,* 1836, in-8, demi-rel. v.

26. Essai de traduction en vers des plus belles odes d'Horace, par Victor de Lahausse. *Paris, Pinard,* 1836, in-8, br.

27. —— par un lieutenant-général (Dupont). *Paris, Gosselin,* 1836, in-8, br.

28. —— par Ragon. *Paris, Colas,* 1837, 2 vol. gr. in-18, br. (avec les Satires, 1 vol.).

29. —— Les Œuvres, par le même, 2ᵉ édition *Paris, Maire-Nyon,* 1851, 2 vol. gr. in-8, br.

30. Œuvres d'Horace... par Louis Duchemin. *Paris,* 1839, 2 vol. in-8, bas. rac.

31. Les Odes... par Albert Montémont. *Paris, Ebrard,* 1839, gr. in-8, broché.

32. —— par Clovis Michaux. *Fontainebleau,* 1842, in-18, br.

33. —— par Chrestien de Lihus. *Paris, Delalain,* 1842, in-8. br.

34. Odes choisies... par Edouard Neveu. *Paris, Ch. Warée,* 1845, in-8, demi-rel. v. bl.

35. —— par J.-A. Raffy. *Au Puy, impr. de Guilhaume,* 1844, in-8, br.

36. Vingt Odes d'Horace en prose et en vers, par A.-H. Lemonnier. *Paris (Rouen),* 1846, in-8, br.

37. Odes d'Horace... par Ch. Pailliot. *Paris, Perisse,* 1847, in-8, br.

38. —— par Jules Lacroix (livres I et II). *Paris, Dezobry,* 1848, in-8, broché.

39. —— par Hippolyte Cournol. *Paris, Perisse,* 1849, in-12, br.

40. —— (Livres I et II), par Albert Villeneuve. *Paris, Hachette,* 1849, in-8, br.

41. —— par Anquetil, précédées d'une étude sur les poésies lyriques d'Horace, par Hipp. Rigaud. *Paris,* 1850, gr. in-18, br.

42. —— par Richard de Thorame. *Digne, Repos,* 1853, in-12, br.

43. Odes... Traduction de quelques odes d'Horace, par le baron Doyen. *Troyes, Bouquot,* 1853, in-8, br.

44. Distractions d'un financier (tome II, 2ᵉ partie). Essai de traduction des Odes d'Horace. livres I, II et III. *Nantes, Merson,* 1855, in-12, br.

45. Œuvres lyriques d'Horace... par le comte Gabr. de Nattes. *Paris, F. Didot,* 1856, 3 vol. gr. in-8, br.

46. —— par Espérance Picard. *Paris,* 1857, in-12, br.

47. —— par François Saint-Amand, créole de l'île Bourbon. *Saint-Denis (île Bourbon), impr. de A. Biarrote,* 1857, pet. in-8, br.

48. —— par Emile Boulard de Richelieu. *Paris, Hachette,* 1860, gr. in-8, br.

49. Horace. Odes gaillardes, par Armand Barthet. *Paris, Dentu,* 1862, gr. in-18, br.

50. —— par Henry Vesseron. *Paris, Garnier,* 1864, gr, in-18, br.

51. Poésies champêtres d'Horace (choix d'odes et d'épîtres), par Edouard de Linge. *Paris, Dentu,* 1865, gr. in-18, br.

52. Les Chants d'Horace... par Adrien Rey. *Marseille, Marius Olive,* 1866, pet. in-8, br.

53. —— par Jacques Argiot. *Paris et Perpignan, Ch. Latrobe,* 1867, in-8, br.

54. —— Traduction variorum... par Melchior Potier. *Paris, L. Potier,* 1867, gr. in-18, br.

55. —— par Albert de Wailly. *Paris, Garnier,* 1869, 2 vol. gr. in-8, br.

52. Odes d'Horace, traduites en vers par un lieutenant-général (le comte Dupont. *Paris, Gosselin,* 1836, in-8, demi-rel. v. bl. n. r. — Traduction en vers des Odes d'Horace,

par E.-A. de Wailly (3 livres). *Paris*, 1817-1818, in-18, demi-rel. v.

52 *bis*. Odes d'Horace, traduction en vers français, avec le texte en regard, par Clovis Michaux. *Fontainebleau, Fr. Lhuillier*, 1842, gr. in-18, v. bl. dos orné, fil. tr. dor. (*Niedrée*.)

Exempl. en papier vélin fort.

53. Traductions en vers français de l'Art poétique d'Horace, publ. depuis 1798 jusqu'en 1874, 13 vol. in-8, in-12 et in-18.

1. L'Art poétique. Epître d'Horace aux Pisons, par Lefèvre-Laroche. *Paris, P. Didot*, 1798, in-18, bas.
2. —— (par Cornette). *Paris, Renouard*, 1802, in-8, fig. demi-rel.
3. —— par le marquis de Sy. *Londres*, 1816, in-8, bas.
4. —— par Henri Terrasson. *Paris, Durey.* 1819, in-18, br.
5. —— (anonyme). *Avignon, Séguin aîné*, 1831, in-12, br.
6. —— par Fr. Ragon (avec les épîtres). *Paris, Maire-Nyon*, 1832, in-18, br.
7. —— par J.-B. Poupar. *Lyon*, 1828, in-8, br.
8. —— par Chanlaire (précédé de la traduction en prose de B. Gonod). *Clermont-Ferrand*, 1841, in-8, demi-rel. v. bl.
9. —— par Pérennès. *Paris*, 1842, in-8, demi-rel. (*Relié avec les Satires trad. par Ménard, Paris, Didot*, 1838.)
10. —— par J. Porchat. *Paris*, 1852, pet. in-8, br.
11. —— avec les satires de Perse, par B. Alciator. *Paris, Dentu*, 1866, in-12, br.
12. —— (par E. de Jonquières). *Paris, F. Didot*, 1872, in-8, bas.
13. Les deux Arts poétiques d'Horace et Boileau, par J.-C. Barbier. *Paris, E. Thorin*, in-12, br.

54. Études critiques et littéraires sur les Œuvres complètes d'Horace, par Yves Pérennès, 1860, 2 vol. gr. in-8, demi-rel. chagr. bl.

Dans ces deux volumes se trouve une traduction complète des Odes d'Horace en vers.

55. Étude morale et littéraire sur les Épîtres d'Horace, par J.-A. Estienne. *Paris, Hachette*, 1851, in-8, br.

56. Les Métamorphoses d'Ovide, traduites en vers par Saint-Ange. *Paris, Michaud*, 1823, 4 vol. in-12, demi-rel. chagr. vert.

57. A. Persii Flacci Satiræ, edidit Achaintre. *Parisiis, F. Didot*, 1812, in-8, demi-rel. ch. v. — Valerii Flacci Argonauticon libri VIII. *Parisiis, Plon*, 1845, in-8, demi-rel. chagr. r.

59. Satires de Juvénal, traduites par J. Dusaulx, augmentées de notes par Achaintre. *Paris, Dalibon*, 1821, 2 vol. in-8, demi-rel. v. bl.

Poëtes français.

60. L'Art poétique de J. Vauquelin de la Fresnaye (1536-1607). *Paris, Poulet-Malassis,* 1862, gr. in-16, br.

61. Œuvres de Regnier, avec le commentaire de Brossette. *Paris, Lequien,* 1822, in-8, v. éc. fil. — Poésies de Malherbe, avec un Essai sur sa vie et ses ouvrages, par L. Thiessé. *Paris, Baudouin,* 1828, in-8, demi-rel, ch. v.

62. Poésies de Malherbe. *Paris, De Bure,* 1823, in-32, portr. v. gris, tr. dor. — Le Bonheur de l'étude, par Ch. Loyson. *Paris,* 1817, in-12, demi-rel. — La Gastronomie (par Berchoux). *Paris,* 1804, in-18, fig. v. rac.

63. Poésies de Segrais, précédées d'un Essai sur les poëtes bucoliques. *Caen, Chalopin fils,* 1823, in-8, portr. demi-rel. mar. br.

64. Œuvres complètes de La Fontaine, avec les notes de tous les commentateurs. *Paris, P. Dupont,* 1826, 6 vol. in-8, portr. demi-rel. v. r.

65. Fables de La Fontaine, sténographiées. *Paris, Berlin,* s. d., in-18, v. r.

66. Œuvres complètes de Boileau-Despréaux, avec un commentaire par Daunou. *Paris, P. Dupont,* 1825, 4 vol. in-8, demi-rel. mar. v.

67. Œuvres poétiques de J.-B. Rousseau, avec un commentaire par M. Amar. *Paris, Lefèvre,* 1824, 2 vol. in-8, pap. vél. portr. demi-rel. v. f. br.

De la collection des *Classiques français.*

68. Poésies de Chaulieu, précédées d'une notice biographique et littéraire par Lemontey. *Paris,* 1825, in-8, portr. v. rac. fil. — Œuvres complètes de Bertin. *Paris, Roux-Dufort,* 1824, in-8, fig. bas. fil.

69. Idylles et Poëmes champêtres, par Léonard. *La Haye et Paris, Desenne,* 1782, in-8, v. m.

Première édition.

70. Les Satiriques du dix-huitième siècle (publ. par Colnet). *Paris, Colnet, an VIII à an X,* 6 vol. in-8, v. v.

Une note ms. en tête du premier volume porte que cet exemplaire a été acheté à la vente de la bibliothèque de la Malmaison.

71. Fables de Florian, suivies des poëmes de Ruth et de Tobie, de Galatée et d'Estelle, etc. *Paris, F. Didot,* 1846, in-12, demi-rel. ch. r. — Fables de A.-V. Arnault. *Paris,* 1827, 2 tom. en 1 vol. in-18, demi-rel. v. f.

72. **Delille**. Les Jardins. *Paris*, 1808, in-8, fig. bas. — L'Imagination. *Paris, A. Giguet et Michaud*, 1806, 2 vol. in-8, fig. v. r. — Poésies fugitives. *Paris*, 1802, in-8, fig. bas. — L'Homme des champs. *Strasbourg*, 1808, in-8, fig. v. gr. tr. dor. — Les Trois Règnes de la nature. *Paris*, 1808, 3 vol. in-8, fig. bas. fil.

73. Delille. Les Jardins. *Paris*, 1813, gr. in-18, fig. v. r. — La Pitié. *Paris*, 1803, gr. in-18, v. rac. — Le Départ d'Eden. *Paris*, 1817, in-18, v. rac. — Le Paradis perdu. *Paris*, 1803, 3 vol. in-18, fig. bas. éc.

74. Œuvres posthumes d'André Chénier, augmentées d'une notice historique par H. de Latouche. *Paris, Guillaume*, 1826, in-8, demi-rel. chagr. r.

75. Œuvres de Boufflers. *Paris, Didier*, 1852, gr. in-18, demi-rel. mar. v. — Chansons complètes de Désaugiers, précédées d'une notice sur l'auteur. *Paris*, 1852, in-18, demi-rel. chagr. r.

76. Chansons de P.-J. de Béranger, anciennes et posthumes, nouvelle édition ornée de 161 dessins inédits et de vignettes nombreuses. *Paris, Perrotin*, 1866, gr. in-8 à 2 col. portr. demi-rel. mar. r.

77. Recueillements poétiques, par A. de Lamartine. *Paris, Ch. Gosselin*, 1839, in-8, br.
Édition originale.

78. Odes et Ballades, par Victor Hugo. *Paris, H. Bossange*, 1828, 2 vol. in-8, br.

79. Victor Hugo. Odes et Ballades ; Orientales ; les Voix intérieures ; les Rayons et les Ombres ; les Feuilles d'automne ; les Chants du crépuscule ; Notre-Dame de Paris. *Paris, Hachette*, 1857-58, 7 tom. en 3 vol. gr. in-18, demi-rel. v. f.

80. Académiques, par Bignan. *Paris*, 1837, gr. in-18, demi-rel. mar. r. — Poésies, par le même. *Paris*, 1828, in-18, br. — J. Lesguillon. Couronnes académiques. *Paris*, 1861, in-12, br.

81. Premières Poésies et Poésies nouvelles d'Alfred de Musset. *Paris, Charpentier*, 1861-62, 2 tom. en 1 vol. gr. in-18, demi-rel. v. f.

82. Poésies complètes de Leconte de Lille. Poëmes antiques... poésies nouvelles. *Paris, Poulet-Malassis*, 1858, in-12, br.

Poëtes italiens et anglois.

83. La Divine Comédie de Dante Alighieri, traduction nouvelle, accompagnée de notes et précédée d'un résumé

historique et littéraire sur les temps antérieurs au poëme, par Victor de Saint-Mauris. *Paris*, 1853, 2 vol. in-8, br.

84. La Divine Comédie de Dante Alighieri, traduction nouvelle par P.-A. Fiorentino. *Paris, Hachette*, 1858, gr. in-18, broché.

85. Roland furieux, poëme héroïque de l'Arioste, par de Tressan (avec Roland l'amoureux, par Boiardo). *Paris*, 1796, 7 vol. in-12, pap. vélin, fig. demi-rel. mar. r. n. r.

86. La Jérusalem délivrée, traduction nouvelle par Philippon de la Madelaine. *Paris*, 1864, in-12, fig. demi-rel. maroquin rouge.

87. Œuvres de lord Byron, traduction de M. A. Pichot. *Paris, Furne*, 1830, 6 vol. in-8, portr. demi-rel. v. br.

Poésie dramatique.

88. Cours analytique de littérature dramatique (par Lemercier). *Paris*, 1817, 4 part. en 3 vol. in-8, demi-rel.

89. Æschyli Tragœdiæ; Sophoclis Tragœdiæ; Euripidis Tragœdiæ. Edidit Fr. H. Bothe. *Lipsiæ*, 1826-31, 6 vol. in-8, demi-rel. v. f.

90. Aristophanis Comœdiæ **ex** nova recensione G. Dindorf, accedunt Menandri et Philemonis fragmenta... gr. et lat. *Parisiis, F. Didot*, 1838, gr. in-8 à 2 demi-rel. col. m. v.

91. Comédies d'Aristophane, traduites du grec par Artaud. *Paris*, 1830, 6 tomes en 3 vol. in-32, demi-rel, v, r.

92. M. Accii Plauti Comœdiæ quæ supersunt. *Parisiis, Barbou*, 1759, 3 vol. in-12, fig. d'Eisen, v. m. tr. dor.

93. Théâtre de Plaute, traduction nouvelle, accompagnée de notes, par J. Naudet. *Paris, Lefèvre*, 1845, 4 vol. gr. in-18, demi-rel. chagr. bl.

94. P. Terentii Comœdiæ Sex. *Lutetiæ Parisiorum (Barbou)*, 1753, 2 vol. in-12, demi-rel. v.

95. P. Terentii Comœdiæ. *Birminghamiæ, J. Baskerville*, 1772, in-12, demi-rel. chag. v.

96. L. A. Senecæ Tragœdiæ, recognovit Bothe. *Lipsiæ*, 1819, in-8, cart. — Æschyli Tragœdiæ septem. *Halæ*, 1800, in-8, demi-rel.

97. Répertoire du Théâtre-François, ou Recueil des tragédies et comédies restées au théâtre depuis Rotrou, avec des notices par Petitot. *Paris, impr. de P. Didot*, 1803, 23 vol. in-8, fig. de Périn, v. rac. fil.

98. Œuvres choisies de P. Corneille. *Paris, Émler*, 1829, 5 vol. in-8, portr. demi-rel. v. f.

99. Œuvres complètes de Molière, avec les notes de tous les commentateurs (publ. par M. J. Taschereau). *Paris, L'Heureux*, 1823, 8 vol. in-8, demi-rel. v. f.

100. Œuvres complètes de J. Racine, avec les notes de tous les commentateurs et de nouvelles notes par Aignan. *Paris, P. Dupont*, 1824, 5 vol. in-8, demi-rel. v. rose.

101. Œuvres de J.-F. Regnard, avec des avertissements sur chaque pièce, par Garnier. *Paris, Lequien*, 1820, 6 vol. in-8, portr., v. éc. fil.

102. Œuvres de Crébillon. *Paris, P. Didot*, 1822, 3 vol. in-8, fig. de Peyron, v. rac.

103. Œuvres de J.-F. Ducis. *Paris, Nepveu*, 1826, 4 vol. in-8, portr. d.-rel. v. viol.

104. Œuvres posthumes de J.-Fr. Ducis. *Paris*, 1826, in-8, br. — Etudes sur Ducis, par O. Leroy. *Paris*, 1835, in-8, d.-rel. v.

105. Théâtre de M.-J. de Chénier. *Paris*, 1818, 3 vol. in-8, portr. cart.

106. Œuvres de Casimir Delavigne. *Paris, Furne*, 1833, 8 vol. in-8, portr. et fig. d'Alf. Johannot, demi-rel. mar. br.

107. Œuvres complètes de M. Ancelot, précédées d'une notice par Saintine. *Paris*, 1855, gr. in-8 à 2 col. br.

108. Théâtre de Victor Hugo. *Paris, Charpentier*, 1844, 3 vol. gr. in-18, demi-rel. chagr.

109. Cromwell, drame, par V. Hugo. *Paris, Charpentier*, 1842, gr. in-18, demi-rel. v.

110. Œuvres complètes de Shakespeare, traduction nouvelle par B. Laroche. *Paris, Charpentier*, 1869, 6 vol. gr. in-18, demi-rel. mar. r.

111. Théâtre complet de Shéridan, traduit de l'anglais par Bonnet. *Paris, Fournier*, 1831, 2 tom. en 1 vol. in-8, demi-rel. chagr. r.

112. Œuvres dramatiques de J.-W. Gœthe, traduites de l'allemand. *Paris, Sautelet*, 1825, 4 vol. in-8, demi-rel. mar. v.

113. Théâtre de Schiller, traduction nouvelle par Marmier. *Paris, Charpentïer*, 1866, 3 vol. gr. in-18, demi-rel. veau fauve.

ROMANS.

114. Œuvres de F. Rabelais. *Paris, Ledentu,* 1835, gr. in-8
à 2 col. br.

115. Œuvres de Rabelais, accompagnées de notes par P. L.
(Lacroix). *Paris, Charpentier,* 1840, gr. in-18, demi-rel.
veau bleu.

116. Œuvres de Rabelais, collationnées pour la première
fois sur les éditions originales, accompagnées de notes
nouvelles, par Burgaud des Marets et Rathery. *Paris, F.
Didot,* 1857, 2 vol. gr. in-12, demi-rel. dos et c. de mar.
vert, n. rog.

Exemplaire imprimé sur papier jaune. Tiré à quelques exemplaires seule-
ment sur ce papier.

117. Histoire amoureuse des Gaules, par Bussy-Rabutin,
avec des notes par Poitevin. *Paris, Delahaye,* 1857, 2 vol.
in-16, cart. n. rog.

118. Contes d'Hamilton. *Paris, L. De Bure,* 1826, 2 vol.
in-32, d.-rel. m. r.

119. Gil Blas de Santillane, par Lesage. *Paris,* 1842, 3 vol.
in-8, portr. — Le Diable boiteux, par le même. *Paris,*
1842, in-8 ; les 4 vol. demi-rel. v. v.

120. Histoire de Manon Lescaut et du chevalier des Grieux,
par l'abbé Prévost. *Paris, Charpentier,* 1846, gr. in-18,
d.-rel. chagr. — Romans de Voltaire, suivis de ses contes
en vers. *Paris, Garnier, s. d.,* gr. in-18, demi-rel. v. f.

121. Paul et Virginie, suivi de la Chaumière indienne et du
Café de Surate, par Bernardin de Saint-Pierre. *Paris,
Hanriot,* 1837, in-8, fig. sur bois, demi-rel. v. vert.

122. Paul et Virginie, suivi de la Chaumière indienne, par
Bernardin de Saint-Pierre. *Paris, Lebrun, s. d.,* gr. in-18,
fig. sur bois, br. — Flore de Paul et Virginie. (*Paris,
Curmer.*) Gr. in-8, fig. demi-rel. vél.

123. Colomba, par Pr. Mérimée. *Paris, Magen et Comon,*
1841, in-8, demi-rel. v. bl.

Edition originale.

124. Les Mémoires du diable, par Frédéric Soulié. *Paris,
Ch. Gosselin,* 1840, 3 vol. gr. in-18, demi-rel. v. bl.

125. Les Mystères de Paris, par E. Sue. 1845, 4 vol. gr.
in-18, d.-rel. v. f.

126. Le Comte de Monte-Christo, par Alexandre Dumas. *Paris, M. Lévy*, 1861, 6 tom. en 3 vol. gr. in-18, demi-rel. v. fauve.

127. Jérôme Paturot à la recherche de la meilleure des républiques, par L. Reybaud. *Paris, M. Lévy*, 1849, 4 tom. en 2 vol. gr. in-18, demi-rel. chagr. v.

128. Les Mille et une Nuits, contes arabes, traduits par Galland. *Paris, V. Lecou*, 1846, 3 vol. gr. in-18, demi-rel. chagr. r.

129. Histoire de D. Quichotte de la Manche, traduite de l'espagnol par Filhau de S. Martin, précédée d'une notice sur Cervantes, par P. Mérimée. *Paris*, 1827, 6 vol. in-8, demi-rel. v. v.

130. L'Admirable Don Quichotte de la Manche, traduction nouvelle par Damas-Hinard. *Paris, Charpentier*, 1847, 2 vol. gr. in-18, demi-rel. mar. r.

131. Le Moyen de parvenir, par Béroalde de Verville, accompagné de notices littéraires, par Paul L. (Lacroix) Jacob. *Paris, Gosselin*, 1841, gr. in-18, demi-rel.

132. Bibliotheca scatologica, ou catalogue raisonné des livres traitant des vertus, faits et gestes de... messire Luc (à rebours)... par trois savants en *us* (Payen, Jannet et Veinant). *Scatopolis, chez les marchands d'aniterges*, 5850 (*Paris, Jannet*, 1850), in-8, demi-rel. v. vert.

Tiré à 150 exemplaires, et devenu rare.

133. Joannis Meursii Elegantiæ latini sermonis (auctore N. Chorier). *S. l. n. d.* (vers 1700), in-12, v. m.

PHILOLOGIE. — POLYGRAPHES.

134. Lycée, ou cours de littérature ancienne et moderne, par La Harpe. *Paris, Pourrat*, 1831, 18 vol. in-8, demi-mar. vert.

135. Lettres inédites de la marquise de Créqui à Sénac de Meilhan (1782-1789), mises en ordre par Edouard Fournier et précédées d'une introduction par M. Sainte-Beuve. *Paris, L. Potier*, 1856, gr. in-18, pap. vél. fort, br.

136. M. T. Ciceronis Opera, recensuit Lallemand. *Parisiis, Barbou*, 1768, 14 vol. in-12, portr. v. éc. fil. tr. dor.

137. Œuvres choisies de Fénelon, précédées d'une notice par Villemain. *Paris, Emler*, 1829, 6 vol. in-8, portr. demi-rel. v. f.

138. Œuvres de Montesquieu, avec un commentaire sur l'Esprit des lois, par Destutt de Tracy. *Paris, Dalibon,* 1822, 8 vol. in-8, portr. demi-rel. v. bl.

139. Œuvres complètes de Voltaire, avec des remarques historiques et littéraires. *Paris (Baudouin frères)*, 1832, 70 vol. in-8, br.

140. Œuvres complètes de J.-J. Rousseau, avec des éclaircissements et des notes. *Paris, Bazouge-Pigoreau,* 1832, 25 vol. in-8, demi-rel. v. vert.

141. Œuvres complètes de Thomas, précédées d'une notice par Saint-Surin. *Paris, Verdière,* 1825, 6 vol. in-8, portr. demi-rel. m. bl. n. rog.

142. Œuvres choisies de Volney (les Ruines, la Loi naturelle, l'Histoire de Samuel). *Paris,* 1836, in-8, portr., demi-rel.

143. Œuvres complètes de Lamartine. *Paris, Ch. Gosselin et Furne,* 1836-1840, 13 vol. in-8, br.

Il manque les tomes XII et XIII, contenant la *Chute d'un ange.*

144. Œuvres complètes de Chateaubriand. *Paris, Lefèvre,* 1836, 5 vol. gr. in-8, à 2 col. portr. demi-rel. v. f.

145. Leçons grecques de littérature, par Noël et Delaplace. *Paris, Le Normant,* 1825, 2 tom. en 1 vol. in-8, demi-rel. bas. v.

146. Leçons latines modernes de littérature et de morale, ou Recueil en prose et en vers, etc., par Noël et de La Place. *Paris, Le Normant,* 1818, 2 vol. in-8, demi-rel. v. vert.

147. Le Conservateur, ou Recueil de morceaux inédits tirés du portefeuille de François de Neufchâteau. *Paris, Crapelet, an VIII,* 2 vol. in-8, v. fil.

HISTOIRE.

—

148. Voyages de François Bernier, contenant la description des États du Grand Mogol. *Paris*, 1830, 2 tom. en 1 vol. in-8, demi-rel. v. bl.

149. Le Polythéisme romain, par Benjamin Constant, précédé d'une introduction par Matter. *Paris*, 1835, 2 vol. in-8, br.

150. Histoire philosophique du christianisme et des églises chrétiennes depuis Jésus jusqu'au XIX° siècle, par de Potter. *Paris*, 1836, 8 vol. in-8, demi-rel.

151. Tableau des saints (par d'Holbach). *Londres*, 1770, 2 vol. in-12, v. f. fil. tr. dor. (*Rel. anc.*)

152. Discours sur l'histoire universelle, par Bossuet. *Paris, Daguin*, 1842, 2 tom. en 1 vol. in-8, portr. demi-rel. v. fauve.

153. Œuvres complètes de Flavius Josèphe, avec une notice par Buchon. *Paris, A. Desrez*, 1840, gr. in-8, br.

154. Voyage du jeune Anacharsis en Grèce, par J.-J. Barthélemy. *Paris, Janet et Cotelle*, 1822, 7 vol. in-8, br.

155. Xenophontis scripta quæ supersunt. Gr. et lat. *Parisiis, F. Didot*, 1838, gr. in-8 à 2 col. demi-rel. m. v.

156. Titi Livii historiarum libri qui supersunt XXXV, recensuit Lallemand. *Parisiis, Barbou*, 1775, 7 vol. in-12, portr. v. éc. tr. dor.

157. C. Velleii Paterculi Historiæ romanæ libri II. *Parisiis, Barbou*, 1777, in-12, fig. v. m. tr. dor. — Eutropii... Historiæ romanæ breviarium. *Parisiis, Barbou*, 1793, in-12, fig. v. m. fil. tr. dor. — Cornelius Nepos. *Parisiis, Barbou*, 1767, in-12, v. m. tr. dor.

158. Polybii historiarum Reliquiæ. Gr. et lat. *Parisiis, F. Didot*, 1839, gr. in-8 à 2 col. demi-rel. m. v.

159. Appiani Alex. Romanarum historiarum quæ supersunt. Gr. et lat. *Parisiis, F. Didot*, 1840, gr. in-8, demi-rel. mar. v.

160. C. Sallustii quæ exstant Opera. *Parisiis, Barbou*, 1761, in-12, fig. v. m. tr. dor. — C. J. Cæsaris Commentariorum

libri VII. *Parisiis, Barbou,* 1755, 2 vol. in-12, fig. v. tr. dor. fil. — Plinii Epistolæ et Panegyricus Trajano dictus. *Parisiis, Barbou,* 1769, in-12, v. m.

161. C. Taciti Opera quæ supersunt. *Glasguæ, R. et A. Foulis,* 1753, 4 vol. pet. in-12, v. f. fil. (*Rel. anc.*)

162. C. Taciti Opera... notis et dissertationibus illustravit G. Brotier. *Parisiis, Delatour,* 1776, 7 vol. in-12, v. rac.

163. Œuvres de Tacite, traduites en français par Burnouf. *Paris, Hachette,* 1858, in-12, demi-rel. v. br. — Panégyrique de Trajan, par Pline le Jeune, traduit par Burnouf. *Paris,* 1834, in-12, demi-rel. ch. r.

164. C. Suetonii Tranquilli Opera... ed. Gros. *Parisiis, Panckoucke,* 1835, 2 tom. en 1 vol. in-8, demi-rel. chagr. rouge.

165. Dictionnaire classique de l'antiquité sacrée et profane... par Bouillet. *Paris,* 1826, 2 vol. in-8, demi-rel. v.

166. Antiquités romaines, par A. Adam. *Paris, Verdière,* 1826, 2 vol. in-12, demi-rel. v. v.

167. Satyre Ménippée, accompagnée de commentaires, par Ch. Labitte. *Paris, Charpentier,* 1841, gr. in-18, demi-rel. v. vert.

168. Histoire des Girondins, par A. de Lamartine. *Paris,* 1860, 6 vol. gr. in-18, demi-rel. v. f.

169. Histoire du consulat et de l'empire, par A. Thiers. *Paris, Paulin,* 1845-1862, 20 vol. in-8, cart. en toile.

170. Histoire de Napoléon et de la grande armée pendant l'année 1812, par le comte de Ségur. *Paris, Baudouin,* 1825, 2 vol. in-8, d.-rel. v. v.

171. Histoire des deux Restaurations, par Ach. de Vaulabelle. *Paris, Perrotin,* 1864, 8 vol. in-8, d.-rel. mar. v.

172. Histoire de la Turquie, par A. de Lamartine. *Paris,* 1854, 8 vol. gr. in-18, d.-rel. m. r.

173. Biographie universelle, par une société de gens de lettres, sous la direction de M. Weiss. *Paris, Furne,* 1841, 6 vol. gr. in-8, portr. demi-rel. v. br.

174. Les Vies des hommes illustres par Plutarque, traduites en français par Ricard. *Paris, F. Didot,* 1838, 2 vol. gr. in-8 à 2 col. d.-rel. v. gr.

175. Cornelii Nepotis Vitæ excellentium imperatorum, editio nova. *Parisiis, Delloye,* 1838. — Phædri Fabulæ. *Parisiis,* 1837, gr. in-8, fig. sur bois, demi-rel. mar. r.
Éditions illustrées de gravures sur bois.

176. Vies des grands hommes, par A. de Lamartine (Homère,
Socrate, Cicéron, Guill. Tell, Chr. Colomb, Jeanne d'Arc,
B. de Palissy, Cromwell, Milton, Bossuet, Fénelon, etc.).
Paris, 1855. — Histoire de César, par le même. *Paris*,
1855. Ens. 5 vol. in-8, br.

177. Histoire de la vie et des poésies d'Horace, par le baron
Walckenaer. *Paris, Didot fr.*, 1858, 2 vol. in-12, demi-rel.
mar. v.

178. La Vie publique de Montaigne, étude biographique, par
A. Grün. *Paris, Amyot*, 1855, in-8, d.-rel. chagr. r.

179. Bibliographie voltairienne (par Quérard). *Paris, F. Didot* (1842), gr. in-8 à 2 col. bas.

Tirée à 200 ex.

180. Catalogue des livres rares et précieux de la bibliothèque
de M. J.-J. De Bure. *Paris, L. Potier*, 1853, in-8, demi-rel.
v. bl. (*Avec le catal. des autographes, l'article de M. de Sacy
et la table des prix.*) — Catalogue de la bibliothèque de
M. Ant.-Aug. Renouard. *Paris*, 1854, in-8, demi-rel.
v. bl.

181. Catalogue des livres de la bibliothèque de M. Armand
Cigongne, précédé d'une notice bibliographique, par Le
Roux de Lincy. *Paris, L. Potier*, 1861, gr. in 8, d.-rel. v.
bl. — Catalogue des livres rares et précieux, dessins et
vignettes de la bibliothèque de M. le comte de la Bédoyère.
Paris, L. Potier, 1862, gr. in-8, d.-rel. v. bl.

182. Catalogue des livres de la bibliothèque de M. J.-Ch.
Brunet. *Paris, Potier et Labitte*, 1868, 2 tom. en 1 vol.
gr. in-8, demi-rel. mar. viol. (*Prix et table de la première
partie.*)

183. Catalogue des livres rares et précieux de la librairie de
L. Potier. *Paris*, 1870, gr. in-8, demi-rel. v. bl. (*Avec la
table et la liste des prix.*)

FIN.